ぼく
モグラ
キツネ
馬

やさしい母と愛犬ディルに捧ぐ

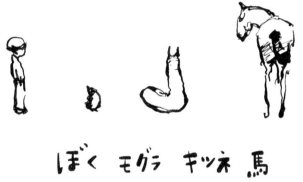

ぼく　モグラ　キツネ　馬

こんにちは。

　本の頭から読みはじめるなんて、すごいね。
私はいつも途中からはじめて、まえがきなんて
とばしてしまうから。

　読むのさえ苦手な私が本をつくったなんて、
自分でもおどろくよ。実をいうと、私には絵が
必要なんだ。絵は、ことばの海にうかんで進む
べき場所を教えてくれる島のようだ。

　この本はだれでも楽しめる。あなたが8歳で
も、80歳でも。

　いつでもどこでも、どこから読んでもらって
もかまわない。書きこんだり折り目をつけたり
も、どうぞご自由に。

私が描いたのは、男の子、モグラ、キツネ
そして馬だ。
　　ちょっとだけ、彼らについて話そう。
とはいえ、私には見えないものまであなたは
見つけるだろうから、手短かにするよ。
　　モグラが顔を出したとき、男の子はひとりぼっち。
ふたりは森をじっと見つめて過ごす。
森は人生に似ていると私は思う。
おそろしいけれど、美しい。
　　森をさまよっていると、ふたりはキツネに出会う。
　　モグラにとっては、やっかいな相手だ。
　　男の子は知りたがりで、モグラは食いしんぼう。
キツネはほとんどしゃべらず、いつもなにかを
疑っている。つらい目にあってきたからだ。

馬は、彼らが出会ったもののなかでいちばん
大きい。そして、おだやかだ。
　　彼らは みんな 違う。私たちが一人ひとり違うように
そして、みんな弱いところがある。
　　それぞれの中に、私は自分を見出せる。
きっと、あなたも そうじゃないかな。

　　冒険の季節は、春。　雪が降ったかと思えば
太陽が輝き、それはどことなく人生にも似ている。
ほんの一瞬でがらりと変わるところがね。

この本が、あなたを勇気づけれますように。
つくりながら、何度も自分に問いかけたんだ。
　"いったいどうして私が、こんなことを？"
ってね。
その答えは、馬に聞いてみることにするよ。

　"だれもが風にまかせてやっている"
　だから翼を広げて、夢を追いかけてみて。
私にとっては、そのひとつがこの本ってわけなんだ。
楽しんでもらえたらうれしい。
愛をこめて。チャーリーより。

"こんにちは"

ぼくは、
モグラとであった。

"オイラはとってもちいさい"
モグラがいた。

"そうだね"
ぼくはモグラを
だきあげた。
"でもきみがいると
世界はでっかくかわる"

"おおきくなったら、なにになりたい?"
モグラにきかれたので、ぼくはこたえた。

"やさしくなりたい"

"成エカするって、どういうことかな?"
ぼくがたずねると、モグラはこたえた。

"そりゃあ、だれかを
すきになることだよ"

"やあ、こんちは"

"すきなことわざは？"とぼく。

"あるよ"とモグラ。

"なに？"

"うまくいかないときは、ケーキをたべよう"

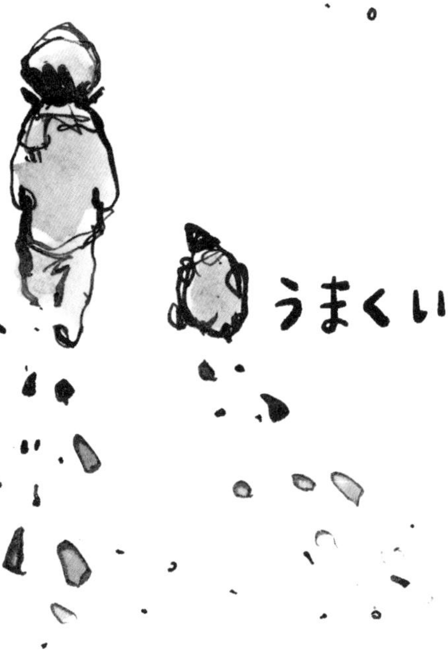

"そっか。

それで
やりなおしたら、　　うまくいく？"

"いっつもだよ"

"ほんの
ひとくちだけ…"

"おいしいケーキをもってきたよ"
とモグラ。

"うーんと… どこに？" とぼく。

"あ、たべちゃった"

"あらら"

"でも、　もういっこある"

"どこに？"

"あ、やっぱたべちゃったぽい"

"いちばんの時間のむだって、
なんだとおもう？"
ぼくがたずねると、モグラはこたえる。

"じぶんをだれかとくらべることだね"

"おぼえた ことを ぜんぶ わすれさせちゃう
学校があったらいいのに"

"おとしよりの モグラたちは
きまっていうよ。
こわがらずに、
夢をおえばよかったって"

"あそこにあるのは?" ぼくはたずねた。

"ふかいもりさ" モグラはこたえた。
"こわがるなよ"

"かんがえてみて。おそれるこころがなければ、
どこまでやれるのか"

ぼくは、キツネとであった。

"オイラ はこわくないぞ!"
モグラが つよがる。

"オレがこの わなに かかってなければ、
おまえなんかとっくにころしているところだ"
キツネはキバをむく。

"でもそのままだと、しんじゃうだろ？"

モグラはキツネのくびにからみついたハリガネを、
そのちいさな歯でかみきった。

"なにかがおきたときにどうふるまうか。
それこそが、オイラたちに
あたえられている
さいこうのじゆうって
もんさ"

"いまここにじぶんがいることを
たしかめるほうほうがある" とモグラ。
"どうやるの？" とぼく。
"しずかなばしょで目をとじて、ゆっくりと息をするんだ"

"よさそう。そのあとは？"
"しゅうちゅうする"
"なにに？"
"えっと…ケーキに"

"ほとんどすべてのことは内がわでおこるのに、

オイラたちには外がわしかみえないのって、

おかしくないか？"

"きをつけろ…

おちないように"

"とてもきれいなものを、みのがすな"

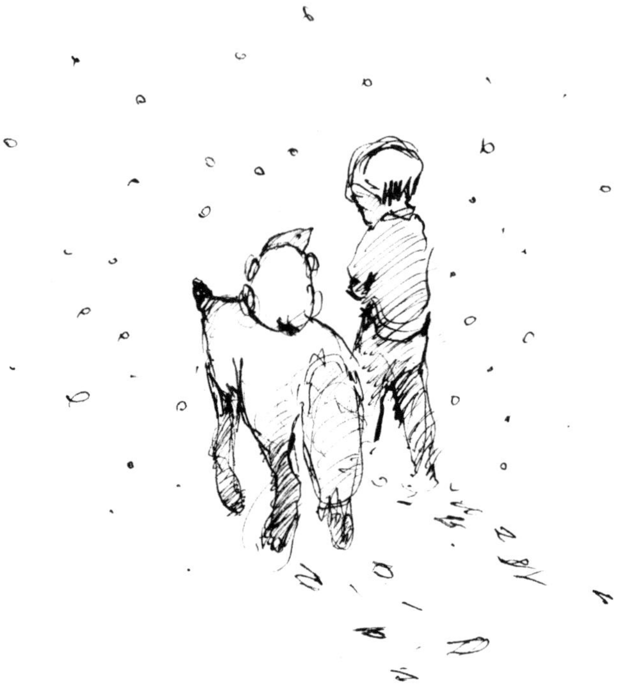

"じぶんにやさしくすることが、
いちばんのやさしさなんだ"
モグラはいった。

"やさしくされるのをまつんじゃなくて、

じぶんにやさしくなればいいのさ"

"いちばん ゆるすのが むずかしい あいては、
じぶんなんだから"

"ときどき、まいごになったきぶんになるよ"
ぼくがつぶやくと、
オイラもそうさ、とモグラがいう。

"でも しんぱいしなくていいよ。
オイラたちはきみのことがだいすきで、
それにきづけたら
かえるうちはすぐみつかる"

"みんなうちをさがしているんだ"
モグラはいった。

"こんにちは"

ぼくは、
馬にであった。

"ただいっしょにいるのは、いみがないこと？"
ぼくがたずねると、モグラはこたえた。

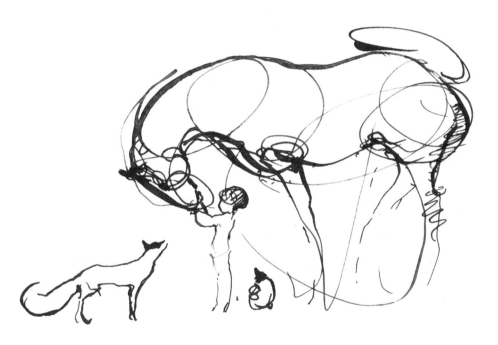

"そんなことないさ"

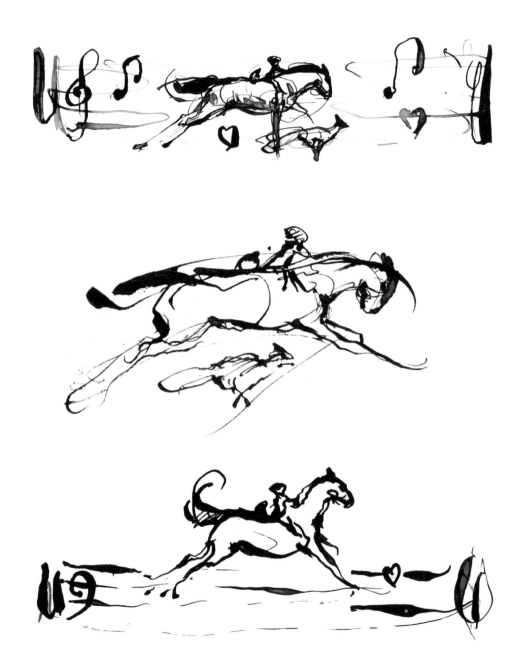

"ふりおとされても、
わたしがたすけるからだいじょうぶ"

"みな、なにかをこわがっている"
馬がいった。

"でもいっしょなら、こわくなくなる"

"涙がでるのは
きみが弱いから
ではない。
強いからだ"

"いままでにあなたがいったなかで、
いちばん ゆうかんな ことばは?" ぼくが たずねると、

馬は こたえた。

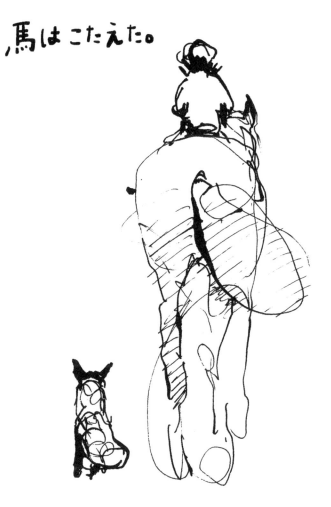

"たすけて"

"いちばん強かったのはいつ？"

"弱さをみせることができたとき"

"たすけを求めることは、あきらめるのとはちがう"
馬はいった。

"あきらめないために、そうするんだ"

"ときどき、ふあんになるんだ。
ぼくが ふつうだってことを
みんなにきづかれたらどうしようって"

ぼくがつぶやくと、
モグラはいった。

"とくべつだからすきになるわけじゃない"

"だれもが、前にすすむ理由をひつようとしている"
馬がいった。"きみたちの理由は？"

"おまえら さんにんだ"とキツネ。

"かえるうちをみつけるため"とぼく。

"オイラは、ケーギ" とモグラ。

"ケーキよりいいものをみっけた" とモグラ。

"そんなわけないでしょ" とぼく。

"ほんとだって"

"じゃあ、なに?"

"ギューっとしてもらう。

そのほうが ながもちする"

"やさしさに勝るものはない"馬がいった。
"すべてのうえに、しずかに存在している"

"ときには…"馬がいいかけた。

"ときには、なに?"とぼく。

"ただ起きあがって前にすすむだけでも

ゆうかんですばらしい、という日もある"

"どうしてあのとりたちは、
あんなにかんぺきにそろってみえるの？"
ぼくがたずねると、馬がこたえる。

"水のなかで、必死にあしを
ばたつかせているからさ"

"いちばんの おもいちがいは"
モグラが いう。

"カンぺきじゃないと いけないと
おもうことだ"

（いま、私の犬がこの絵のうえを歩き汚していった… まさに そういうことさ）

"あれは月？" ぼくはたずねた。

"ティーカップのあとだよ"
モグラがいう。
"おちゃのあるところには、ケーキあり"

この世界をおもしろがろう。

"人生はむずかしい。

でも、きみはたしかに愛されているよ"

"ぼくのことをぜんぶしっているの?" と ぼく。

"ああ" と馬。

"それでもぼくの ことがすき?"

"もっとすきになった"

"きみはぼくのことを、
ぼくよりも しんじているみたいだ"
ぼくがつぶやくと、馬がいった。

"いつかきっと、きみも そうなれる"

"キツネはぜんぜんしゃべらないね"
ぼくがささやくと、馬がいった。

"そうだな。でもいっしょにいることが
すてきじゃないか"

"正直にいうと、
オレには おもしろい はなし なんて できねぇんだ"
キツネが うつむくと、馬は いう。

"いつだって、
正直なのは おもしろいことさ"

"ずっとはなしてこなかったことがある"
馬がいった。
"なに?" ぼくはたずねた。
"わたしは飛べるんだ。
でもみんなをいっとさせてしまうから——　　"

"飛べても 、 飛べなくても

ぼくたちは きみのことが すきだよ"

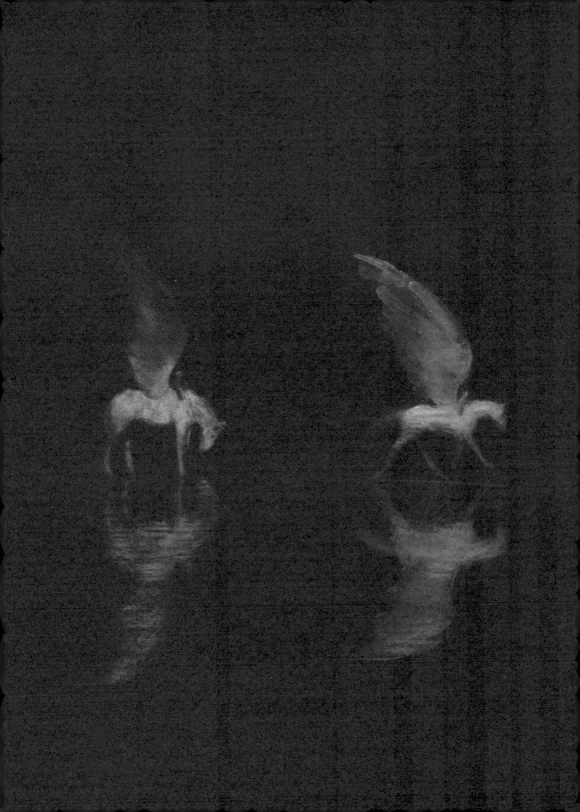

"コップに水がはんぶんしか入っていないとおもう?
それとも はんぶんも入っているとおもう?"

モグラにきかれて、ぼくはこたえた。

"コップが ある、てことが、うれしい"

"あしたのことはわからない" 馬がいった。
"みんなが愛し愛されていることを
わかっていればいい"

"くらい雲がきても…

…前にすすむんだ"

"やがて、嵐はすぎさる"

"嵐のあとには・・・"

"まだまださきはながそうだね"

ぼくがためいきをつくと、馬がいった。

"オイラほんとは、みんなのことが
だいすきだってつたえたいんだ"
モグラがつぶやいた。"でもうまくいえなくて・・・"
"そうなの?"ぼくはくびをかしげる。
"だから、みんなといっしょでうれしい、
なーんてこといってもいいのかな?"
"もちろんさ"

"みんなといっしょでうれしい!"
"ぼくたちもさ!"

"きみがこのたびでみつけたことってなに？"
モグラにきかれたので
ぼくはこたえた。

"ぼくは、ぼくのままで
いいってこと"

"なぜぼくたちがここにいるのか、
わかったきがする"ぼくは ささやいた。
"ケーキのためかい?"モグラがたずねる。

"愛するためだよ"
ぼくがこたえると、馬がつづける。"そして、愛されるためだ"

"こころがいたむときは、どうしたらいいの?"
ぼくがたずねると、馬がこたえた。

"ともだちといっしょにいなさい。
その涙と、つらい時間をわかちあう。
そのうち希望にみたされて、幸せなきもちがやってくる"

" ほかには？"

ぼくがたずねると、馬がこたえた。

" じぶんの価値は、じぶんできめる"

"そしておぼえておくこと。
きみの存在は代わるものがなく、
とても愛されていて、

この世界には きみにしかできないことがある"

"きみたちといるこのばしょも、
　　うちだとおもっていいかな？"

"ありがとう"

おわり

ぼくたちは、
こんなにとおくまで
きた。

"生きていると、嫌なことばかりが
目に入る。
それでも
世界は、
想像もでき
ないほどの
愛にあふれている"

これは友情についての本だし、友だちがいなければ
書けなかった。 マシュー、グレース、ベアー、フィル、
ミランダ、エイミー、エマ、スカーレット、チャーリー、
リチャードとヘレン、ありがとう。

みんなとの会話と愛が、この本になった。
それに聡明なアイルランド人のコルム。
夜更かしして本づくりに付きあってくれてありがとう。

ペンギン(出版社)のみんな、ゲイル、ジョエル、テス、
ベッキー、ルーシー、アリス、レイ、ベス、ナット。
とくに、辛抱強く付きあってくれた ローラ。

それに、SNSで私を応援してくれた人たち、
本当にありがとう。

何杯も何杯も紅茶を入れてくれたサラ、デイジー、
クリストファー。それから愛犬のディルとバーニーにも感謝する。

THE BOY, THE MOLE, THE FOX AND THE HORSE
Charlie Mackesy

COPYRIGHT©CHARLIE MACKESY 2019
DESIGN BY COLM ROCHE AT IMAGIST
©EBURY PRESS 2019

The moral rights of the author have been asserted.

First published as THE BOY, THE MOLE, THE FOX AND THE HORSE by Ebury Press, an imprint of Ebury Publishing. Ebury Press is part of the Penguin Random House group of companies.

Japanese translation rights arranged with
Ebury Press, an imprint of Ebury Publishing
Through Japan Uni Agency, Inc.,

ぼく モグラ キツネ 馬

2021年3月22日　第1刷発行
2024年11月15日　第13刷発行

著者　　　　チャーリー・マッケジー
訳者　　　　川村元気

発行者　矢島和郎
発行所　株式会社 飛鳥新社
　　　　〒101-0003
　　　　東京都千代田区一ツ橋2−4−3　光文恒産ビル
　　　　電話　（営業）03-3263-7770　（編集）03-3263-7773
　　　　https://www.asukashinsha.co.jp

手描き文字　　島野真希
ブックデザイン　井上新八

印刷・製本　中央精版印刷株式会社

ISBN 978-4-86410-758-7

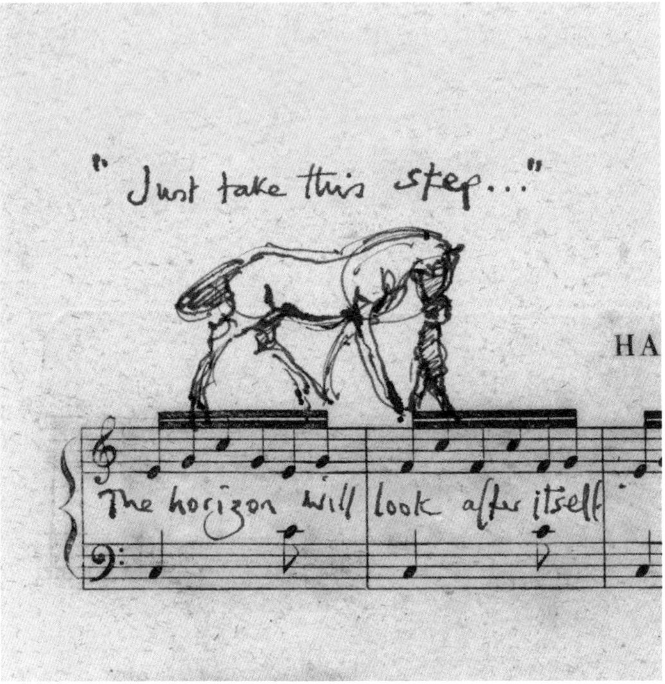
"Just take this step..."
HA
The horizon will look after itself